Dieses Buch ist allen Liebenden gewidmet

Bonn, im April 2021

Michael Ghanem

Die Gedanken sind frei

Liebe

heißt ...

Verlag und Druck: tredition GmbH, Halenreie 40-44, 22359 Hamburg

ISBN
978-3-347-30507-6 (Paperback)
978-3-347-30508-3 (Hardcover)
978-3-347-30509-0 (e-Book)

Über den Autor: **Michael Ghanem**

https://michael-ghanem.de/
https://die-gedanken-sind-frei.org/

Jahrgang 1949, Studium zum Wirtschaftsingenieur, Studium der Volkswirtschaft, Soziologie, Politikwissenschaft, Philosophie und Ethik, arbeitete viele Jahre bei einer internationalen Organisation, davon fünf Jahre weltweit in Wasserprojekten, sowie einer europäischen Organisation und in mehreren internationalen Beratungsunternehmen.

Bonn, im April 2021

Er ist Autor von mehreren Werken, u.a.
„Ich denke oft…. an die Rue du Docteur Gustave Rioblanc – Versunkene Insel der Toleranz"
„Ansätze zu einer Antifragilitäts-Ökonomie"
„2005-2018 Deutschlands verlorene 13 Jahre Teil 1: Angela Merkel – Eine Zwischenbilanz"
„2005-2018 Deutschlands verlorene 13 Jahre Teil 2: Politisches System – Quo vadis?"
„2005-2018 Deutschlands verlorene 13 Jahre Teil 3: Gesellschaft - Bilanz und Ausblick

„Verfallssymptome Deutschlands – Müssen wir uns das gefallen lassen?"
„Deutsche identität und Heimat – Quo vadis?
„I know we can! Eine Chance für Deutschland"
„Im Würgegriff der Staatsverschuldung, Teil 1 und Teil 2"
„50 Jahre Leben in Deutschland – Ein Irrtum? Ein Schicksal"
„Eine Straße ohne Seele"
„Ist Deutschland auf Sand gebaut?"
„Leonidas der Große – Ich bin ein Mensch"
„Vier Millionen entrechtete Deutsche"
„Der Teich des Teufels – ein Märchen"
„Die heutigen Reiter der Apokalypse"
„Die Deutschen – ein verfluchtes Volk?
„Krisen in Zeiten von Corona, Teil 1"
„Thesen zur Gleichheit der Rassen"
„Die Sage vom Haus am See"
„2005 – 2021 Deutschlands verlorene 16 Jahre – Die Bilanz der Angela Merkel"
„Corona 2021 – Warten auf Godot"
„Wenn ich einmal der Herrgott wär"

Liebe heißt ...

Mitten in einer

Menschenmenge

zwei feurige Augen

zu entdecken, die

wie Smaragde

leuchten

Liebe heißt ...

Dein Lächeln

schon von Weitem

zu spüren

Liebe heißt ...

Deine Stimme

wie eine Melodie

zu hören

Liebe heißt ...

Deine Hand

in meinen Händen

festzuhalten

Liebe heißt ...

Ungeduldig

auf Deinen Anruf

zu warten

Liebe heißt ...

Deine warmen

Lippen

zu spüren

Liebe heißt ...

Deine bescheidenen

Kochkünste

als Genuss

zu empfinden

Liebe heißt ...

Deine manchmal
befremdlichen
Ansichten als die
reine Wahrheit
wahrzunehmen

Liebe heißt ...

Dir in einer
Augustnacht einen
Stern zu schenken
und Dich den Stern
zwischen
Andromeda, Pegasus
oder Kassiopeia
aussuchen zu lassen

Liebe heißt ...

In den alten Tagen

Dich zu lieben

wie am ersten Tag

Liebe heißt ...

Keine anderen
Menschen sind für
mich von
Bedeutung, selbst
wenn sie Aphrodite
oder Adonis wären

Liebe heißt ...

Kein Preis

der Welt

ist mir so wichtig

wie Du

Liebe heißt ...

Daran zu glauben,

dass Liebe

nur für Dich und

mich gemacht

worden ist

Liebe heißt ...

Daran zu glauben
und davon
überzeugt zu sein,
dass auch in
schweren Zeiten
alles mit Liebe zu
schaffen ist

Liebe heißt ...

Auch dann da zu
sein, wenn ich
mich ärgere
über manche
Deiner Fehler und
dummen Sprüche

Liebe heißt ...

Unser Schicksal

zu akzeptieren

und anzunehmen

Liebe heißt ...

Nie nach

einem Preis

zu fragen,

vor allem nicht

nach dem Preis

der Liebe zu Dir

Liebe heißt ...

Deine Launen, Deine
Ungerechtigkeiten
und die
Verletzungen, die du
mir zugefügt hast,
als unwichtig
anzusehen

Liebe heißt ...

Dein Lächeln und

Dein Glück als

meine höchsten

Ziele anzusehen

Liebe heißt ...

Durch

konstruktive

Kritik Dich vor

Dir selbst

zu schützen

Liebe heißt ...

Dir stets zu
vertrauen, ohne
danach zu fragen,
welche
Konsequenzen
zu erwarten sind

Liebe heißt ...

Das Lächeln eines
Babys, wenn es
seine Mutter
erkennt

Liebe heißt ...

Das Vertrauen

eines kleinen

Kindes

zu seinen Eltern

Liebe heißt ...

Mir nicht das Herz
zu brechen und es
anschließend zu
entsorgen

Liebe heißt ...

Als alte Leute

Hand in Hand

weiter

durch das Leben

zu schreiten

Liebe heißt ...

Zu glauben,

dass Verliebte

Unmögliches

schaffen können

Liebe heißt ...

Die Heimat zu
verlassen,
um mit Dir
zu neuen Ufern
zu gelangen

Liebe heißt ...

Dir jeden Tag

eine kleine Rose

zu schenken

Liebe heißt ...

Deinen Geburtstag

und unseren

Hochzeitstag nie

zu vergessen

Liebe heißt ...

Dich nach 50 Jahren
immer noch als die
unbekümmerte junge
Frau zu sehen,
unverbraucht und
frisch und mit
Deinen roten
Bäckchen

Zeitfracht Medien GmbH
Ferdinand-Jühlke-Straße 7
99095 Erfurt, Deutschland
produktsicherheit@kolibri360.de